粵語有段古

前言

語言，是承載記憶的載體。

在漫長的歲月裡，雖然歷經變遷，但語言往往能夠以其口口相傳的特性，留住很多書本上不曾記錄的記憶，而這些記憶也逐漸成為我們文化的一部分。

但是，近幾十年來，社會的變化實在太過迅速，今天還是全民流行的新鮮玩意，幾年之間便可以銷聲匿跡，無處可尋。於是，記憶的更迭也越來越快速，越來越多的東西被留在了歲月的流逝之中。

粵語，作為一個擁有著悠久歷史，以及大量使用人群的語種，至今依然在粵港澳以及廣西海南部分地區被廣泛使用。但隨著時代的快速變遷，有很多曾經活靈活現、生動活潑的詞句，變得漸漸不為年輕人所熟知，更遑論這些詞句背後所蘊含的故事和文化背景了。

對於使用粵語的人來說，這無疑是一件很可惜的事，因為這不但意味著記憶的流失，還意味著語

言的乏味和單調。所以近兩年來，我一直致力於收集一些地道的粵語詞句背後的故事，繼而把它們錄製成聲音，在廣播電台以及新媒體平台上傳播。

很有幸，這次得到越秀區圖書館的大力支持，把這些內容集結成書出版，希望這本小書能夠為留住粵語文化的一些記憶，略盡一點綿薄之力。

當然，這本書也不僅僅是編給講粵語的朋友，無論你是否會講粵語，瞭解一些粵語背後的文化，都是一件有趣又益智的事。

而我的老本行是電台節目主持人，所以這本書的每一個故事，都能通過掃描二維碼，用手機收聽我的講解。

希望這本小書，能讓讀者對粵語多一分瞭解，多一分興趣，那我就很是心滿意足了。

李沛聰

目錄

冷手執個熱煎堆

煎堆，是中國的傳統小吃，在各地的叫法都有不同，用糯粉油炸而成，外圓而中空，表面佈滿芝麻，香脆可口，是舊時廣東人過年的必備食物，所謂「年晚煎堆，人有我有」。

關於煎堆，粵語裡面有句俚語，叫「冷手執個熱煎堆」，講的是一個人運氣好，沒付出什麼努力就大有收穫。例如幾個人競爭上崗，有個人條件本來比較差，但因為其他的人出現問題或者差錯，被他成功上位，我們就可以說他是「冷手執個熱煎堆」啦。

那為什麼熱煎堆要用冷手去「執」呢？原來，煎堆是油炸之物，剛剛出油鍋的時候，十分燙手，一般人伸手去拿肯定是要被燙到的。而煎堆既然是年貨，一般自然是在大冬天炸的，天寒地凍，手當然也很冷，冷冰冰的手去「執」煎堆，就不怕被燙到，可以順利拿起來了。

炸煎堆的人幹得熱火朝天，可是手不夠冷拿不起出爐煎堆，而在旁邊不用幹活手冰冰的人卻能拿煎堆去吃，這就是「冷手執個熱煎堆」了。

「熱煎堆」為什麼要用「冷手執」？

打斧頭

在粵語裡面，形容一個人在替人做買賣或者代辦事情的時候，通過截流一部分佔點小便宜，叫做「打斧頭」。

這個詞的出處，據說是來自於早年的打鐵舖。

話說以前打鐵舖打造各種不同的工具對外出售時，用的鋼材質量都會有所不同。例如打菜刀，當然就沒有必要用到打造兵器的材料。好鋼造好刀，鋒利、長久又耐用，價格自然也比較貴；用普通鐵料打造的刀具容易鈍，耐用程度一般，價格自然也就比較親民。

當時，打鐵舖的經營方式有兩種：一是用自己店舖的鐵料打造產品出售，二是顧客來料加工。而「打斧頭」說的是來料加工這一種。

一般來說，木匠靠斧刀吃飯，用的斧頭需要好鋼來打造，才能保持長久鋒利，因此木匠常常自己尋覓優質的材料，送到鐵舖訂造斧頭。因為以前好的鋼材難得而且價格高，鐵匠拿到木匠送來的好鋼後，常常會切一半出來，用另一半混入半塊普通鐵料來鍛打，只要保證優質的材料打在斧口那一邊，外人是看不出來的，也不影響斧頭的鋒利和耐用。這樣一來，鐵匠就等於用半塊普通鐵料換了半塊好鋼，佔了便宜。

「打斧頭」究竟怎麼佔便宜？

死雞撐飯蓋

我們之前都說過，粵語的俚語裡面，和吃有關的詞語很多，這個當然是跟廣東人愛吃有關。而在廣東人最喜歡吃的食品裡面，雞絕對是排前三位甚至第一位的，所以跟雞有關的粵語詞語也特別多，這一回又給大家講一個——死雞撐飯蓋。

「死雞撐飯蓋」這個詞，是用來形容那些明明是自己錯了，卻抵死不肯認錯，還編很多理由給自己辯護的人。例如大家看新聞，時常會看到那些在路上碰瓷的人，明明已經被行車記錄儀或者監控錄下他碰瓷的過程，還依然狡辯說自己確實被撞到，你就可以罵這些人「死雞撐飯蓋」啦。

那麼，這個詞究竟是怎麼來的呢？死雞為什麼會撐飯蓋呢？

大家如果蒸過雞，應該都知道，把光雞放到飯煲裡面蒸，蒸熟了之後，雞腳確實會蹬直，如果這隻雞比較大，就很有可能會把煲蓋給撐開。為什麼會這樣呢？原來，剛劏洗乾淨的雞，雞腳關節還是柔軟靈活的，所以能夠彎曲著塞進煲裡面。而在放進鍋裡蒸熱之後，雞腳的筋便會收縮使雞腳撐直，甚至把煲蓋也撐開來。

明明死了，還要硬撐，這個狀況用來形容那些打死不肯認錯的人，實在是形象生動到極點啊！

「死雞」為什麼會「撐飯蓋」？

打邊爐

現在廣東地區的川菜館和湘菜館等等辣菜餐廳盛行，很多餐廳都有火鍋供應。而粵語裡面對於吃火鍋，喜歡稱為「打邊爐」，而一般人也都認為「打邊爐」就是吃火鍋，兩者並無區別。

但事實上，「打邊爐」和吃火鍋，還是有些細微的區別之處的。

　　先講講「打邊爐」的由來。在廣東省發展起來之前，沿海大部分地區還是小漁村，漁民們打完一天的魚回來，晚上想聚個餐喝喝酒，怎麼辦呢？大家就在泥做的爐裡點起木炭，上面再撐起一口泥做的鍋，也就是砂鍋，鍋裡放上高湯或是沙嗲湯，然後大家呼朋喚友，一起帶著各自打漁剩下的食材，聚在一堆一起涮海鮮吃。因為大家用的都是公筷，而且地方太小不能坐，索性大家都圍著爐子站著吃，所以這種景象，就被形象地稱作「打邊爐」了！

　　所以廣東地區的「邊爐」，和內地省份的「火鍋」，其實還是有點區別的。首先，廣東人一般不在春夏季節「打邊爐」，事關廣東水熱，大家怕上火；其次，「打邊爐」一般都用清湯或者海鮮湯底，吃的也是以海鮮為主。

　　而內地的火鍋則一年四季都可以吃，食材也以紅肉為主。理論上說，這些火鍋都不應該稱為「打邊爐」，不過現在大家都叫習慣了，也就不再在意這些小細節了。

「打邊爐」和吃火鍋是一回事嗎？

亂噏廿四

「亂噏廿四，在粵語裡面是指胡說八道，亂說一通的意思。」

　　噏，是粵語說話的意思，「亂噏」，自然就是亂說話了。但為什麼「亂噏」後面，要跟廿四，也就是二十四，而不是七十二，也不是三十六呢？原來，這裡面有點小巧妙。我們小時候都學過九九乘法表，知道「三八就廿四」──三八二十四，所以這個二十四，其實是暗指三八的意思，也就是罵人家是喜歡亂說話，好講是非的「八婆」了。

亂說話為什麼是二十四，而不是三十六？

三唔識七

粵語的詞語除了有很多與吃有關之外，也有不少與數字有關，頗具地方特色。例如「三唔識七」「九唔搭八」等等。

　　「三唔識七」這個詞，來源於舊時廣東地區比較流行的賭博遊戲「天九」的其中一種玩法，叫做「合十」。玩家每人抽兩張牌，加起來尾數為九點則最大，而十點等於零點，拿到就輸定了。玩家一旦拿到一張三點，絕對不會希望下一張是七點，所以就會大叫「三唔識七」！

　　「唔識」就是不認識，見了面也不會認得，也就是希望三不要碰上七了。後來，這個詞漸漸被用得越來越廣泛，就變成了形容兩個人不熟悉、互相不瞭解的意思了。

粵語裡「三」為什麼不認識「七」？

廣東人喜歡吃，這是全國人民都知道的，所以粵語裡
面有很多詞語都和吃有關。例如「大頭蝦」，就是其
中一例。

在粵語裡面，「大頭蝦」，並不是指那些用來吃的蝦，而是指那些粗心大意，做事丟三拉四的人。例如阿媽看兒子做功課做錯了，就會罵兒子「乜你咁大頭蝦架！」

那麼大頭蝦這個說法有何出處呢？早在明代，就有一篇文章叫做《大頭蝦說》，作者叫陳獻章。原文是文言文，大意是說有客人問，你們鄉下對那些不能勤儉節約、喜歡鋪張浪費亂花錢的人都叫大頭蝦，是什麼原因呢？作者就告訴客人說，有一種蝦頭特別大，鬚長眼大，看起來很大隻，但吃這種蝦吃幾百隻都吃不飽，我們就叫它「大頭蝦」，說的就是那些看起來厲害其實沒真本領的人。

由此可見，「大頭蝦」原本是用來諷刺那些名不副實的人。不過經過幾百年的變遷，這個詞的意思已經有所變化，成為了粗心大意的意思了。

至於「大頭蝦」實際上指的究竟是哪種蝦，這就說法很多了，有人說是羅氏沼蝦，有人說是來自南洋的大蝦，大家對它的由來反倒是不怎麼計較。

「大頭蝦」是用來吃的嗎？

大石砸死蟹

大石砸死蟹，是粵語裡面形容用強權將人壓服的意思。
「砸」字應該是寫作「石毛」，是壓的意思。

話説在雍正年間，廣州石井一帶有個地方小官，人稱祝巡檢。別看祝巡檢官職不高，但為人清廉，在當地頗有口碑。

這天，一個衣衫襤褸，滿面泥灰的人跌跌撞撞地跑進衙門。此人叫梁天來，他表哥是當地有權有勢的大財主凌貴興。凌貴興為人蠻橫霸道，又極為相信風水，結果聽風水佬說表弟梁天來的祖屋是一風水寶地，住在那裡可以保佑他世代發財，便連兄弟情都不顧，要趕走表弟全家。遭到梁家拒絕後，慘無人道的凌貴興居然使出放火燒死梁家一家的陰招，從火中逃出來的梁天來便跑到祝巡檢這兒報案來了。

凌貴興仗著自己家財萬貫，與地方官員的關係十分密切，聽說表弟跑到祝巡檢那兒去了，冷笑一聲，抓了一包白銀來到衙門，又準備用錢搞掂。祝巡檢早就聽說過凌貴興的大名和他的惡行，對這髒錢嗤之以鼻，但是迫於凌興貴勢大，只好暫且收下。事後祝巡檢苦苦思索對策，想出一妙招，把那一包銀子打成一隻銀蟹，擺在花盆裡，用石頭壓住，一來保留證據，二來也是提醒自己要不遺餘力地追查此案。

借著祝巡檢的暗中支持，梁天來成功進京上告，在朝廷的親自查辦下，凌貴興和一眾貪官均被嚴厲查辦，祝巡檢的銀蟹自然也起到了重要的物證作用。百姓們對此案的明查拍手稱快，「大石砸死蟹」這個詞也在坊間傳開了。

大石如何砸死蟹？

折墮

粵語文化源遠流長，很多詞語都蘊含著豐富的意思，不能簡單地從字面解讀，還需要理解其背後的含義。例如「折墮」這個詞，其中的含義就不僅僅是表面上的倒霉之意。

在粵語裡面，有一句非常之有哲理的話，叫「有咁耐風流，就有咁耐折墮」，說的是一個人得意的時候太過放縱自己，不懂得節制，就很容易失敗收場。折墮這個詞，不但蘊含失敗、倒霉的意思，更有從高處跌落，樂極生悲的含義。如果講得玄一點，更可以解釋為「天使折翼，墜落凡間」的含義。

折墮這個詞的出處一時間難以考究，但在古代的一些民間文藝作品都有見到。現在普通話已經基本上沒有再使用這個詞，唯有粵語保留了下來。大家如果聽過許冠傑的歌，應該記得《半斤八兩》裡面有這樣一句歌詞：「嗰種辛苦折墮講出嚇鬼，死俾你睇，咪話冇乜所謂。」

有咁耐風流，就有耐「折墮」！

牙煙

在粵語裡，形容一個人或者一件事很危險，我們會講
「好牙煙」。那麼這個「牙煙」，和牙齒、抽煙有什
麼關係呢？按說一個人再怎麼抽煙，牙齒也就發黃變
黑，不至於有什麼十萬火急的危險啊？

原來，「牙煙」這個詞，是由古漢語詞「崖廣」異化而來。這個詞在古代的讀音應該是「ya-an」，「崖」是指山崖，「廣」是指小房子。在懸崖邊修建小房子，你説是不是很危險？

　　因為這個詞的讀音和「牙煙」比較接近，後來大家為了書寫方便，就寫成了「牙煙」，這兩個字跟原來的意思已經沒有關係了，但「危險」的意思還是保留了下來。

　　所以「牙煙」，其實真的不關牙齒的事哦。

「牙煙」跟牙齒有什麼關係？

粵語作為聯合國教科文組織承認的世界第二大漢語語言，有許多獨有的詞語。這些詞在普通話裡很難找到直接的對應，準確的語境和語意往往需要意會一下才行。例如「頻撲」，就是這樣的一個詞。

粵語裡的頻撲，是匆忙、勞碌奔忙的意思。所謂「頻」，既有匆忙的意思，也有重複的意思，而「撲」，則是跑來跑去之意。一個人匆匆忙忙地反復跑來跑去，自然疲勞困頓，辛苦勞累。

　　所以粵語裡面説到打工仔的辛苦，往往會説打工仔們「為兩餐頻頻撲撲」，一語道盡「搵食艱難」的意味。相信各位打工的朋友都能體會得到。

　　當然了，現在很多朋友雖然工作辛苦，但都是坐在寫字樓裡面動腦，不需要在道路上奔忙，這時候就不宜用「頻撲」這個詞來形容自己啦。至於該用哪個詞？大家不妨想一想。

粵語獨有特色詞之「頻撲」

豬籠

在粵語裡面，有兩個關於「豬籠」的詞，一個是褒義、恭喜人的，另一個是貶義、罵人的。

在介紹這兩個詞之前，我先來解釋一下豬籠。顧名思義，豬籠就是運送豬的籠子，用竹篾紮成圓柱形、網狀、網口大單面開口。豬籠大小以豬為准，裝成年豬的比較大，裝乳豬的比較小。

　　好了，講完豬籠，我們先來講一下褒義詞——豬籠入水。大家想像一下，豬籠是網狀的籠子，一放進水裡，水就從四面八方湧進來。廣東人把錢財稱為「水」，錢財從四面八方湧進來，你說有多高興呢？所以粵語裡形容或者恭喜人發財，就會說「豬籠入水」了。

　　至於「浸豬籠」，是舊時懲罰風化案的私刑手段，就是把人捆起來裝進豬籠，浸到河水裡面。輕的把頭露出來，只是辛苦不會要命；重的則整個人泡進水裡淹死。大家如果看電視劇看得多，應該都有看過村裡私通的男女被浸豬籠的情節。所以遇到有傷風化之事，我們就會說「這樣要浸豬籠的啊！」

　　當然，現在現代文明社會，這種私刑早就被廢除啦。

關於「豬籠」——
豬籠入水和浸豬籠

焓熟狗頭

大家都知道，廣東人喜歡吃，正所謂天上飛的除了飛機，四隻腳的除了板凳，什麼都敢吃。所以跟吃有關的粵語俚語也特別多。

焓熟狗頭為什麼
令人討厭？

　　我們粵語形容一個人笑得很假，皮笑肉不笑，一副阿諛奉承的樣子，就會說這人笑得「焓熟狗頭」一樣。

　　為什麼笑得假被稱為「焓熟狗頭」呢？沒吃過狗肉的朋友可能不知道。原來，把狗頭放進大鍋裡焓，因為加熱的關係，焓熟之後狗的嘴巴就會裂開來像是笑臉一樣。但實際上大家都知道它肯定不是真的想笑啦，都給人吃了還笑啥？

　　所以，粵語就用「焓熟狗頭」來形容假笑了。

　　如果你見到個美女，你可以對著她「焓熟狗頭」，但千萬不要說她的笑容是「焓熟狗頭」啊！

　　還有，如果你見到你的同事對著你「焓熟狗頭」的樣子，你對他就要提防提防啦！

癡線

粵語罵人傻呼呼，精神不太正常，通常會罵他「癡線」。
這個「癡線」究竟「癡」的是什麼線呢？

首先要做個說明，好多人以為「黐線」是白癡的癡，其實是粘在一起的黐。所謂「黐線」，本意是電路一旦兩條線粘在一起，就會發生短路。後來引申到人的神經系統，覺得一個人精神不正常或者傻呼呼，是因為神經系統某兩條神經粘在一起，造成了思維混亂。

　　除此之外，關於「黐線」還有另一個說法。

　　話說早年廣東和香港地區有很多工廠，早期都是做膠花的，很多女工都在裡面粘膠花。因為日做夜做，做得天昏地暗，人也暈乎乎的，所以就用「黐膠花」來形容人精神不正常的狀態；後來這些工廠逐漸改做電子了，女工們就開始黐電線，所以就叫「黐線」咯。

　　對於這兩種講法，我個人覺得第一種比較合理一點，不知道大家意下如何？

黐線黐的是
什麼線？

茂利

很多人學一種語言，往往都是從罵人的話開始的，學
多幾句就算不用來罵人，起碼人家罵自己的時候也不
會傻乎乎不知道嘛。

這一回，給大家介紹一個粵語裡面用來罵人的詞——茂利。

「茂利」這個詞，誕生於 20 世紀初。當時英國人在香港教當地人修建英式建築。當時的英式建築例如港督府之類，往往有很多大型窗戶和陽臺。這些窗戶和陽臺需要用大木樁作為主要支柱，這些大木樁分為兩類，立著的叫 mullion，橫的叫 transom。

當時香港人不懂英文，聽見那些洋人指著一大根木杆大叫「mullion」，也就有樣學樣學著叫「茂利」。因為一根根木棍或木柱，看起來就像傻愣愣站著的人，後來茂利這個詞就被用來形容一些蠢蠢鈍鈍的人了。

不過對於這個詞，有些俗語專家就另有解釋，認為「茂利」原是「謬戾」的變音，是指荒謬、乖戾合而為一的人，也就是「奸險小人」的意思。

對於這個説法，我就不太認同了。「茂利」雖然是個罵人蠢鈍的話語，但與奸險小人似乎還相距甚遠，所謂專家的解釋，有時也未必就一定是對的。

茂利原來是英語

發吽哣

在粵語裡，有不少詞語的歷史都非常之悠久，保留了古漢語的用法，例如「吽哣」就是其中一個。所謂吽哣，是指一個人無精打采，恍恍惚惚的狀態，普通話裡面講發呆，粵語就講發吽哣。

「吽哣」這個詞，原來的寫法有點兒複雜，作「怐愗」，在《楚辭》裡面就有這個詞，原文是：「直怐愗而自苦。」而唐朝韓愈的《南山詩》裡面，也有這樣一句：「茫如試矯首，堛塞生怐愗。」

後來，可能因為「怐愗」這兩個字的寫法太複雜，就被簡化成「吽哣」了。所以大家千萬不要以為「發吽哣」，是個很粗俗的說法，其實比普通話的「發呆」，要古色古香得多啊！

錢七

在粵語裡面，對舊車有個別稱，叫「錢七」。究竟錢七這個詞是怎麼來的呢？

原來，「錢七」是個象聲詞，原本是指火船內燃機發出的摩擦聲浪。內燃機經過常年使用，機件老化，配件的摩擦力加大，產生的雜音便越來越多，故此機器越舊，噪音就越大，尤其是火船內燃機引動活門不斷開關，就會發出「錢七錢七」的聲浪。

　　以前，有很多工人喜歡用機器發出的聲音來稱呼機器，舊機器的「錢七」聲特別大，所以工人們就將舊機器叫作「錢七」。後來引申到汽車，就把舊車叫作「錢七」了。

　　中國人說話喜歡自謙，即使買了輛新車，也會謙虛地說只是「錢七」而已，漸漸地，這個詞也就主要用來形容汽車。當然了，如果有個廣東人跟你說他開的是台「錢七」，你千萬別輕易相信哦！因為我們廣東人大部分都很低調啊。

為什麼舊車叫做「錢七」？

賊佬試沙煲

粵語裡面有個講法，叫「賊公計，狀元才」，意思是說論起才華當然是狀元最高，而講到詭計呢，則是盜賊最為厲害了。「賊佬試沙煲」，就是以前小偷盜竊時的計謀。

廣東人素有煲中藥的習慣，用來煲中藥的器具主要是沙煲，這些沙煲一般有人頭大小，被稱為四方瓦煲。以前小偷在入屋盜竊之前，往往會先把瓦煲伸進房裡試探，如果房裡的人早有察覺，看見沙煲以為是個人頭，必定一棍把這瓦煲打爛，小偷自然趕緊逃之夭夭；如果瓦煲伸進去平安無事，那就說明屋子裡沒有人，或者並未察覺小偷入屋，小偷就可以安心爬進屋子裡，大肆盜竊。

所以，廣東人就用「賊佬試沙煲」，來形容那些試探性的舉措，有個歇後語叫「賊佬試沙煲，試下先」，也就是想做什麼事，先試一試的意思。

不過一般來說，這個詞都是作為貶義詞用，沒理由說「某位先進分子勞動模範賊佬試沙煲，嘗試新的生產方式。」啊，對不對？

「賊佬」為什麼要「試沙煲」？

單料銅煲

廣州話形容一個人城府不深、不穩重、不踏實、待人
處事輕率、靠不住，就會說他是「單料銅煲」。

在 20 世紀四五十年代，很多廣州人家裡都喜歡用銅器，家境好一點的就會多幾件。銅煲、銅盤、銅鍋、銅勺……甚至還有巨大的燒水銅器「渾水爐」。

在打造這些銅器時，銅器製作者為求保證質量，通常都會在選料方面特別講究，選取材質厚實的銅料來打造器皿，這種厚實的銅料稱作雙料，製成的銅煲便叫「雙料銅煲」，堅固耐用。

而所謂單料，是指材質比較薄的材料，質量當然比較差，不耐用，容易穿煲（底）。而「穿煲」，粵語又作底細敗露的意思。這樣，「單料銅煲」靠不住的含義便躍然紙上。

「單料銅煲」靠不住

食夜粥

在粵港澳和海外華人地區，「食夜粥」是練功夫的代名詞。舊時，徒弟晚上到師父家學功夫，師母必定會熬美味的老火粥，大家練完功後便一起吃粥宵夜，久而久之，「食夜粥」便成為練功夫的代名詞。隨著時代的變遷，武術界「食夜粥」之風俗也就逐漸消失。

關於「食夜粥」還有另外一個説法：從前江湖上各個門派的武館林立，它們有些是行業組織，有些則是帶有黑社會性質的武館，他們通過教功夫、教舞獅子來招攬門徒，以此擴大勢力、影響力。而對於打工仔來説也可以有個好去處，每月只交少量學費，既可以交朋結友，又可以參加站樁、打拳、舞獅……可是老闆都不喜歡他們去學武，怕他們誤入黑社會，所以他們不敢告訴店舖或工廠裡的人。有人問他們去哪裡？他們也是支支吾吾，最後唯有編個理由，説去吃粥，於是漸漸的「約定俗成」，把「食夜粥」這一説法變為晚上學功夫的代名詞了。

「食夜粥」其實沒有東西吃

陸榮廷睇相

舊時，廣州的城隍廟香火很是旺盛。於是，不少給人看相、算命和卜卦的江湖術士，都會在廟前的廣場上擺攤謀生。

這些算命佬行走江湖多年，知道來算命的大都是遇上疑難或者困境，所以，客人一坐下，算命佬開口就是「看你滿面晦氣，衰運正當頭」之類的難聽話，以示自己目光如炬。隨後才話鋒一轉：「幸好你運氣還不算最差，找到我就有救啦！」後續當然又是胡說八道的鬼話，誘人入局，賺人錢財。

1916 年 8 月間，廣西軍閥陸榮廷調任粵省督軍，還一度兼任兩廣巡閱使，顯赫一時。

陸榮廷睇相：有趣的粵式罵人法

這陸榮廷到任後，一直聽聞城隍廟前有不少相師，倒也心生好奇。再加上他這人自信滿滿，認為自己命中富貴，很想知道那些江湖術士是否真的神機妙算，能一眼看出自己的「貴相」？於是，他便假扮成一名商人，隨從馬弁也裝作是僕人，大搖大擺地前往城隍廟去一探究竟。

到了廟前廣場，他隨便挑了個算命攤坐下，便說要看相。那相士自然不知道眼前人竟是督軍大人，就一如往常地施展伎倆，一開口先把他臭罵一頓：「睇（看）你個衰樣，死到臨頭還到處晃蕩！不出三日……」

陸榮廷被莫名其妙地奚落一頓，蹭地一下火氣就上來了，正要發作，馬弁趕緊使眼色，請他不要暴露身份。陸榮廷只好忍氣吞聲，聽完這頓胡謅，最後一言不發，鐵著臉離開了。

回到督署後，陸榮廷越想越氣，跟幕僚們說了這遭遇，決計要跟那相士秋後算帳。沒想到幕僚們卻暗中知會了相士，讓他連夜逃離。

這件事一傳十，十傳百，倒成了坊間笑談。從此，廣州人就有了一句俗諺：「陸榮廷睇相，唔衰攞嚟衰！」即自討沒趣，自討苦吃的意思。

冇雷公咁遠

粵語裡面形容一個地方很遙遠、很偏僻，就會說「這個地方冇雷公咁遠」。那麼這個說法是怎樣得來的呢？

據說，古代神話中，雷公是專門懲治惡人的，誰犯了惡都會被雷公追到，遭受天打雷劈。而雷公是天神，應該什麼地方都可以可以去到。

　　但如果你能跑到一個雷公都管不著的地方，那麼那個地方就真的很遠很遠了⋯⋯

　　而在清朝屈大均的《廣東新語》裡面，有這樣一句：「北方有無雷之國，南方熱，有無日不雷之境。」意思是說南方天氣濕熱，有的地方整天打雷下雨，而在遙遠的北方，有的地方是完全不打雷的。所以對於我們南方人來講，不打雷的地方，當然是很遙遠啦。

「冇雷公咁遠」
究竟有多遠？

二打六

在粵語裡面，形容那些無關重要的人物，很多時候就會用「二打六」這個詞語，這個詞雖然我們經常用，但知道出處的人並不是太多。

「二打六」的出處好特別

原來「二打六」是一個賭博的用語，出自「賭番攤」。番攤的攤盤是分開為四塊的，「一」對著莊家，「二四」就是對兩邊的，「三」就是莊家的對面，開攤的時候，荷官用一支撥杆四顆為一組地撥開，最後剩下的數字就是開攤的數字了，買了二的看見剩下六顆就知道自己買中了，賭徒們看見就開玩笑說「見慣見熟，買二開六，今晚翻去煲豬肉」。

六減四等於二，六加二就等於兩個四，而二四就坐在側面，而不是正中間，所以後來大家就用「二打六」來形容那些不是坐中間，不是太重要的人。

冇尾飛堶

在粵語裡面，如果形容一個人神龍見首不見尾，經常找不到人，就會說這個人是「冇尾飛堶」。什麼是「冇尾飛堶」呢？

原來，堘是磚的意思。早在宋朝的時候，就有藝人表演飛堘，每年的寒食節還有飛堘戲。這個飛堘的表演方式，是以繩縛著重物，上下揮動打圈，然後向目標飛去再收回來，感覺是有點像武器之中的流星錘。

但若這個堘沒有繩子綁著，也就是「冇有尾」，便會飛了出去收不回來了。所以大家就把那些整天不見蹤影的人，叫做「冇尾飛堘」。

「冇尾飛堘」
是什麼東西？

煲粥

「煲粥」一詞，在廣東話裡，是「長時間地拿著電話筒跟別人無謂地閒談」。

那麼，為何打電話時閒話家常是叫「煲粥」，而不是「煲湯」或「煲飯」呢？

　　原來，「煲粥」的全稱是「煲電話粥」。「煲」，在粵語裡面有兩個含義，一是煮食物的鍋；另一個則是「煮」的意思。

　　「煲粥」的主要材料，本來應該是用米，而現在卻換成了電話，也就意味著不用米來煲粥了。

　　沒有用米去煲的粥，廣東人稱之為「冇米粥」；沒有米的粥，既不能吃飽又沒有營養，就稱為冇米氣。

　　廣東人形容一個人做事不負責、不中用、無聊或不知所謂時，就叫「冇米氣」或「唔湊米氣」。

　　我們煮粥吃，是想有熱粥暖肚，對身體有益，但如果吃的是沒有米的粥，豈不是吃了等於沒吃？

　　所以，拿電話講一大堆毫無營養的廢話，最終也聊不出個所以然，可真是名符其實的「煲電話粥」了！

打電話在粵語裡為什麼叫「煲粥」？

炒魷魚

「炒魷魚」，是解僱的代名詞。這個詞原本是粵語特有的，後來隨著粵語的傳播，連北方的朋友也學會用了。那麼為什麼解僱被稱為「炒魷魚」呢？

「炒魷魚」的由來

　　以前，到廣東或香港做工的外地人，僱主一般都會包食宿。這些離鄉別井的打工仔，身上一般只帶著輕便的包袱，頂多是多帶一張棉被或竹席。

　　那時候的店舖，有很多是前舖後居，也就是房子的前半部分是營業的舖面，店主與夥記則同住在店後的房間或閣樓。

　　如果員工被老闆開除，他就要收拾行李細軟離開，這動作就稱為「執包袱」或「炒魷魚」。

　　「執包袱」，看字面就能明白是什麼意思，但要理解「炒魷魚」就需要靠想像力了！

　　原來，在廣東菜裡面有一道菜名為「炒魷魚」，也就是炒魷魚片，當魷魚片被炒熟時，會自動卷成圓圈狀，正好像被開除的員工，在將自己的被舖（席或棉被）卷起一束時的模樣，故此，除「執包袱」之外，被解僱又被稱作「炒魷魚」。

擔屎唔偷食

在粵語裡，有句用來形容人老實的俚語，叫「擔屎唔
識偷食」。我們小時候對於這個詞往往很疑惑：擔屎
為什麼要偷吃呢？屎有什麼好吃的？

後來才知道，這個俚語背後有個挺辛酸的故事。

在幾十年前，經過「一大二公」，連各家各戶茅廁的「黃白之物」都是要交公的。當時連年欠收，農村公社希望可以多施肥保證產量，但化肥生產又跟不上，無論公田還是自留地，施肥都成問題。

於是各地農村公社組織社員成立挑肥隊進城「擔屎」以作救急，廢物利用。

而「擔屎唔偷食」這個詞的發源地是在我們廣東的南海、番禺等地，因為當時在這些地方組織人力進廣州城挑肥（擔屎）。據上了年紀的人回憶，當時真是盛況空前，幾乎全部的精壯勞力全體出動駕著機船沿珠江而上。

為什麼要這麼多人去挑肥呢？據鄉老解釋是怕別的地方的人和他們搶「屎」，要保衛「勝利果實」。

當這些糞肥拿了回來之後，有些人就會偷偷用在自己的自留地上，而有些比較老實的就乖乖用在公田上，於是就被人說他們「擔屎都唔識偷食」。

這個說法漸漸傳開，到了現在就引申為老實的意思，對於當年的故事，現在已經很少人知道了。

擔屎為什麼要偷食？

電燈膽

「電燈膽」這個詞，在粵語裡通常用來形容妨礙小兩口拍拖恩愛的傢伙，這樣的角色當然是很令人討厭的。

為什麼要用「電燈膽」來形容這些礙眼的人呢？

原來在早年，廣東地區民風淳樸，思想保守，父母看到女兒談戀愛，心裡往往既喜又怕，既高興嫁女有望，又擔心女兒吃虧，於是一旦女兒出門約會，就會派弟弟妹妹陪同姐姐一起去赴約。所以在那時候，男女拍拖，身邊多了一個小朋友同行，是件非常常見的事。

這個破壞氣氛但又甩不掉的小孩，就叫「電燈膽」了。很多人以為叫他做「電燈膽」，是因為電燈會發光，影響現場的浪漫氣氛，其實這是個誤解。「電燈膽」一詞，來源於一句歇後語「電燈膽——唔通氣」。

 燈泡，需要把內部的空氣抽空才能亮，所以是不能通氣的，而廣東話裡「唔通氣」，是指一個人不懂得人情世故，不知回避的意思。

所以這個礙手礙腳的小朋友，就被稱為「電燈膽」，而他這種妨礙哥哥姐姐拍拖的行為，則稱為「剝花生」。

原來，哥哥姐姐談情說愛時，既怕陪伴而來的弟妹打擾，又怕他們太過無聊，所以，通常會買些零食，讓他們打發時間的。當年的零食不多，以花生最為普遍，於是坐在一旁的小朋友，就常常以「剝花生」來解悶了！

不會做人的「電燈膽」

頂櫳

「頂櫳」，在粵語裡是「最盡」或「極其量」的意思，
究竟什麼是真正的「頂櫳」呢？

「頂櫳」頂的是什麼櫳？

「頂櫳」一詞，來自廣東戲行術語，最原先的「頂櫳」，是戲院滿座的意思。

有人可能會覺得奇怪，戲院滿座，不是叫「爆棚」嗎？

原來，如果戲班下鄉演出，一般在平地搭建臨時竹制的戲棚，客滿時，就叫做「爆棚」；而「頂櫳」則是用於形容在固定建築的戲院劇場內滿座的景象。

早期南方的戲院，依照中國古老大屋的規格建成，一般只有地下一層堂座，沒有二樓；堂座最前台上設有可以收放的銀幕，方便唱大戲的時候可以卷起，台下則有兩排座位，中間有人行道，入口在戲院後方，而入口處一般都使用木堂櫳，也就是用圓木條做成的橫柵，類似我們現在新房子的鐵閘，作晚間防盜之用。

以前的戲院，除坐位票之外，也有出售站位票（買不到座票的可以站著看戲），如果入場人數太多，就會站到緊貼入口的木櫳處，這便是「頂櫳」了！

呃鬼食豆腐

我們廣東話裡說一個人騙人，有個很特別的說法，叫
「呃鬼食豆腐」。「呃」，就是騙的意思，所以這句
話翻譯成普通話就是「騙鬼吃豆腐」。

騙鬼為什麼要吃豆腐？

那麼大家又知不知道，究竟為什麼要騙鬼，而又為什麼不吃別的東西而要吃豆腐呢？

這裡面其實有段故事。

從前有個書生，他的口才非常厲害，經常把人騙得暈頭轉向。

有一晚，有一隻鬼來到他家裡。這隻鬼已經餓了很久了，看見書生，就準備把他吃掉。

這個書生還真是大膽，一點也不驚慌，施施然地對鬼說：「你要吃我啊？我已經很多天沒有洗澡了，我的肉又酸又臭，不好吃的。不如你吃我鍋裡的豆腐吧，豆腐比我的肉嫩多了。」

那隻鬼也真是笨，對書生的話信以為真，就跑去把豆腐吃了，吃完之後還說真好吃。

第二天，書生把自己的經歷加油添醋地講給村民聽，村民們紛紛感歎說：「你這個人騙人實在太厲害，連鬼都給你騙得不吃人，改行吃豆腐了。」

「呃鬼食豆腐」這個説法，就是這樣來的。

老竇

我們廣東人對父親有個比較親切的稱呼：「老竇」，
這個叫法讓父親和子女之間的距離拉近不少。

那麼「老竇」這個稱呼，究竟是怎麼來的呢？

很多人以為「老竇」的「竇」是大豆的「豆」，其實是姓竇的竇，而且這個老竇，是真有其人的。

在五代十國的時候，有個人叫竇禹鈞，因為是燕山人士，他又被稱為竇燕山。

這位竇禹鈞自幼喪父，由母親養大。他到了三十多歲都還沒有兒子，大家都知道中國人最講究傳宗接代，不孝有三，無後為大，沒有兒子這事令他非常困擾。

有一晚，竇禹鈞夢見已故的祖父跟他說，他前世做了很多壞事，所以一定要多做好事，否則不但沒兒子，而且會很短命。

自此之後，竇禹鈞就拼命做好事。例如家裡的僕人卷款潛逃，他還幫僕人把女兒養大；又例如在佛廟撿到大筆錢財，他就等到失主回來為止。至於什麼救助窮人啊、親朋好友有困難就出錢出力啊、出錢辦學啊之類的事就做得更多了。

終於有一天，他祖父再次托夢給他，說你做了這麼多好事，老天爺覺得很滿意，所以會賜五個兒子給你，你好好撫養啦。

果然沒多久，竇禹鈞就做老爸啦，一連生了五個兒子。他對兒子的家教很嚴，五個兒子都很有出息，全部中了進士，在朝廷擔任各種官職，被稱為「竇氏五龍」。

因為竇禹鈞教子有方，大家都以他為好爸爸的典範，連《三字經》裡面都有寫「竇燕山，有義方；教五子，名俱揚」，後來我們廣東地區的人就把好爸爸稱為「老竇」，漸漸「老竇」就成了父親的代名詞了。

所以如果你的子女稱你為「老竇」，不要覺得他們不尊重你，他們是在稱讚你是好爸爸呢。

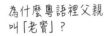

為什麼粵語裡父親叫「老竇」？

拍拖

「拍拖」這個詞本來是我們廣東地道的俚語，不過現在已經傳到全國範圍了，很多講普通話的朋友都會用「拍拖」一詞，大家又是否知道為什麼男女談戀愛就稱之為「拍拖」，而分手就被稱之為「甩拖」呢？

眾所周知，廣東地區的水路運輸是十分發達的，以前很多人出門都會坐船的，當時有一種船叫「花尾渡」，這種花尾渡最大的特點，是船上沒有動力設備，只能靠船前的小火輪拖著走的，因為容量大，噪音小，非常受乘客歡迎，而「拍拖」是花尾渡進出港口的一種操作方式，例如我們廣州的長堤，因為河面複雜，船又很多，小火輪和花尾渡之間的纜繩差不多十丈長，非常難靠近，這個時候需要兩條船併攏，船員用粗纜繩綁緊船身，一大一小共同進退，這個就是所謂的「拍拖」，這種相依而行的狀況看起來像情侶牽手相伴，所以大家將情侶談戀愛稱之為「拍拖」。

而「拍拖」的兩條船離開廣州港口，去到比較寬闊的河道，船員就會解開小火輪，繼續用纜繩拖著花尾渡去目的地，而到達碼頭之後，小火輪就會和花尾渡分開，自己去找地方停靠就是所謂的「甩拖」，兩條船各散東西，用來形容分手，實在貼切。

談戀愛為什麼叫「拍拖」？

烏利單刀

烏利單刀不是刀，是一個粵語俚語。在粵語中，有一個很特別的詞「烏利單刀」（「利」讀作 lēi），意即亂七八糟。這個詞的出處有一段「古」（故事）。

南宋末年，元朝大軍南下攻宋，攻破南宋都城臨安之後，又繼續南下追擊陸秀夫、張世傑和他們扶助的小皇帝，其中一路兵馬追到了香山縣（今中山市）一帶。

當時，元軍裡有個彪悍的將領叫烏利，他騎著高頭大馬，手提一把單刀，領軍追擊宋軍。在香山坦洲一帶，幾名宋軍在當地村民幫助下，坐小艇過了一條小河。

烏利快馬趕到，眼看著宋軍順利逃走，心急之下揮刀策馬，就要跳過河去。誰知這時河面上忽然刮起一陣狂風，烏利措手不及，連人帶馬跌落河中。他不識水性，沒幾下就淹死了。

後來，元軍在崖山攻滅宋軍，回過頭來強迫當地人立廟拜祭烏利將軍，連廣州地區也曾建有三座「烏利將軍廟」。

據說廟裡面的烏利塑像面容漆黑，兇神惡煞，身穿戰袍，頭戴軍帽，腳下一對蒙古氈靴，右手倒提一把閃亮的單刀，倒也威武肅穆。不過當地人不大買帳，廟裡香火寥寥。

當時村裡好事的年輕人覺得這個雕塑怪模怪樣，就發明了一個新詞叫「烏利單刀」，用來嘲笑人做事不倫不類，一塌糊塗。久而久之，「烏利單刀」就成了常用的粵語詞匯。

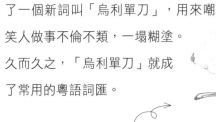

烏利為什麼是單刀而非雙刀？

豬頭丙

廣東人罵別人呆笨時，會稱人家做「豬頭丙」。

那為何會是豬頭「丙」，而不是豬頭「甲」或豬頭「乙」？

原來，這「豬頭丙」一詞，來源於上海俗語「豬頭三」。那麼，為何要叫豬頭「三」，而不是豬頭「二」或「四」呢？

我們中文裡面有一種叫做「縮腳韻」的猜字遊戲，就是說話只講上半截，而聽者會意會到下一截沒有講出來的意思，例如廣東有一種著名飲料：茅根竹蔗水。而廣東人又俗稱「錢」為「水」，於是，當有人說「茅根竹」時，大家便意會這是「借水」，也就是借錢的意思了，因為粵語裡「借」和「蔗」是同音字。

話說回來，上海俗語裡的「豬頭三」，也是一句縮腳語，全句是「豬頭三牲」。罵人是「豬頭三」，意指被罵的人是「牲」。

而「牲」，是畜生的意思。那麼「豬頭三牲」又是什麼呢？原來，「三牲」本是敬神祭品的三個品種，即豬頭、雄雞和青魚，統稱為「豬頭三牲」。

所以上海話罵人「豬頭三」，就是罵人畜生的意思。

不過，俗語經過時間和地區的變化，會有新變化和新解釋，所以，上海的「豬頭三」，傳到廣東之後，就逐漸演變為蠢鈍的意思了。

罵人為什麼罵「豬頭丙」而不是豬頭甲？

阿茂整餅

　　「阿茂整餅」，其實是一個罵人的歇後語，後半句就是「冇嗰樣整嗰樣」，意思是說一個人專門挑人家不需要的東西來做，或者沒事找事做。

這句話原本的意思，是讚揚別人而不是罵人的。

民國初年，廣州著名酒家蓮香樓有一位師傅叫阿茂，為人忠厚又勤快。當時每到茶市將散，有不少茶客會買些餅食，打包回家。

而阿茂為了服務好顧客，就經常跑出來樓面巡視，見到哪種餅好賣或即將售完，就馬上動手做，好讓大家帶回家，大家覺得阿茂既勤快又有心，因而就有了「阿茂整餅」這句稱讚阿茂的話。

不過這句話慢慢流傳開來之後，因為其字面意思容易被誤會成沒事找事做，結果就漸漸變成貶義詞。

「阿茂整餅」是什麼意思？

放飛機

在普通話裡面「放鴿子」是沒有按照事先的約定赴約，或者沒有兌現承諾的意思，而粵語裡我們則用「放飛機」表達這個意思，據說這個詞來源於香港。

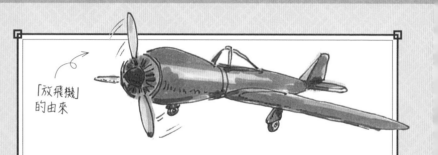

「放飛機」的由來

　　在多年前的香港，某日要進行開埠以來第一次飛機飛行表演。香港市民當然是萬眾期待，等著大開眼界啦。誰知到了表演當日，卻宣佈因為天氣原因，風太大，不宜飛行，表演推遲一天。到了第二天，天朗氣清，大家以為終於可以看飛機了，誰知這一天又輪到飛行員病了，表演又要推遲。而到了第三天，居然說飛機引擎故障，表演取消！大家大失所望，所以後來人們就用放飛機來形容說好要做卻沒有做的行為。

雞膆咁多

粵語「雞膆咁多」是有多少？

「雞膆咁多」是我們粵語的俗語，用來形容很少、有限的意思。如：「打工仔，就算有積蓄，都係得雞膆咁多。」

　　很多人以為這個膆是碎片的碎，其實這個膆，同「嗉」，是鳥類食管後段暫存食物的膨大部分，形狀如袋。

　　這個膆字我們平時很少用到，但在古書古文裡可以查到。例如潘嶽的《射雉賦》就有「裂膆破嘴」的說法。《爾雅義疏》裡面則解釋說：「嗉者，素也。素，空也。空其中以受實。」

　　漢代的朱穆在《絕交論》說：「填腸滿嗉，嗜欲無極。」

　　元代無名氏散曲小令《醉太平·譏食小利者》寫：「鵪鶉嗉裡尋碗豆，鷺鷥腿上劈精肉，蚊子腹內刳脂油，虧老先生下手。」

　　因為鳥類的這個器官很小，能藏的食物量也很有限，所以大家就用這個字來表達少的意思。

　　至於雞膆，大家也知道我們廣東人喜歡吃雞的啦，所以別的鳥類也不會用，就用「雞膆咁多」來形容少，沒料到的意思了。

金叵羅

我們廣東人對珍愛之物，往往喜歡稱為金叵（音頗，但在此慣讀「波」）羅——不是吃的菠蘿，大家往往也會用這個詞來形容家長很鍾愛的小孩。

那這個金叵羅究竟是什麼東西呢？

原來叵羅，是古代的酒卮（讀「字」），也就是一種敞口的淺杯。這種酒具現在已經見不到了，但在古詩文裡面倒也並不少見。

例如《北齊書・祖珽傳》載：「神武宴僚屬，于座失落金叵羅，竇泰令飲酒者皆脫帽，於珽髻上得之。」

又例如劉翰《李克用置酒三垂崗賦》：「玉如意指揮倜儻，一座皆驚；金叵羅傾倒淋漓，千杯未醉。」

還有蘇東坡詩：「歸來笛聲滿山谷，明月正照金叵羅。」

這些詩文裡面的金叵羅，指的都是金酒杯。因為這種金酒杯頗為珍貴，後來的人就用金叵羅來形容物件或者人物矜貴和可愛了。自己家的孩子，怎麼看怎麼可愛，當然是「金叵羅」了。

愛吃的廣東人連兒子都叫「金菠蘿」？

人心不足蛇吞象

粵語裡面形容一個人貪心，貪得無厭，就會說這個人「人心不足蛇吞象」，一般人都會以為這個比喻的意思是說蛇太貪心了，想把大象也吞到肚子裡去。其實，這個象並不是指大象，而是一個人名。

話說在很久以前，有一位小孩名字叫做「象」，他養了一條大蟒蛇，這條大蟒蛇很聽話，很通人性。

　　當時，阿象的母親生了一種怪病，他聽人家說要用蛇心來做「藥引」才能治好。阿像是個孝子，為了給母親治病，就去跟大蟒蛇商量說可不可以弄一點你的蛇心來治病，大蟒蛇見阿象這麼有孝心，就同意了。

　　於是阿象拿著小刀鑽入蛇肚，割取了一點蛇心為母親治病，而大蟒蛇忍痛成全了阿象的孝子之心。

　　果然，經過幾次割取蛇心，母親的病情有所好轉。阿象看見治療有效，為了更快治好母親的病，一時起了貪心之念。這一次鑽入蛇肚後，阿象使勁割去蛇的一大塊心臟，大蟒蛇一時間疼痛難忍，合上了血盆大口，結果阿象就葬身蛇腹了。

　　後來，人們便用人心不足蛇吞象來警惕做人要戒除「貪心」，要知足，才會有好結果。

人心不足蛇吞象，
吞的其實不是大象

沙塵

粵語裡面形容一個人喜歡裝模作樣，充場面講派頭，
會說他很「沙塵」的。那麼這個「沙塵」是怎麼來
的呢？

「沙塵」的由來

傳説在清朝末年時，廣州西關有個富商叫陳沙，靠經營洋貨發了大財，便想在同行中顯顯威風，顯擺一番。為此他出入都十分講究「派頭」，每天有事無事都要坐著轎子在街上瞎逛一番，讓大家都看到他的富貴榮華。

有一天晚上，他又照例坐轎兜風，正春風得意，忽然刮起一陣狂風，轎夫站立不穩，差點把陳沙摔出轎子。

陳沙勃然大怒，走下轎子想責罰轎夫，誰知他剛一走出來，還來不及發作，又吹來一陣大風，「呼」的一下，把他的帽子吹落，領帶也飄起來扯著脖子，弄得他站都站不穩。

大家平時就覺得他太過招搖，早就看他不順眼的了。現在見他這副狼狼的模樣，紛紛拍手稱快，並大聲嘲笑「這回陳沙變沙陳了！」

後來，大家就用「沙陳」來形容像陳沙一樣喜歡招搖的人，繼而漸漸又寫成了「沙塵」，而意思都是一樣的。

蘇州過後無艇搭

現在流行創業，大家都喜歡追逐風口，所謂「站在風口上豬也能飛起來」，所以創業者都很怕錯過機會。而「錯過機會」在我們粵語裡面，有個很有趣的說法，叫「蘇州過後無艇搭」。

話説在古時候，秦淮河的風月事業很發達，前往那裡做生意的廣東富商有不少都喜歡流連胭花之地。有些人遇到滿意的青樓女子，會喜歡把她們推薦給好朋友。

　　有一天，幾個富商在遊船河時談美女談得開心，其中一個被朋友說得食指大動，拍案而起說要去一試究竟。

　　殊不知他們聊得太開心，不知時間飛逝，這時候船已經過了秦淮河的河段，快要到蘇州了，於是大家就嘲笑他「蘇州過後無艇搭」了。

　　後來，「蘇州過後無艇搭」就變成一個常用俗語，意為「過了這個村，就沒這個店」。

蘇州過後為何無艇搭？

糯米治木蝨

在粵語裡，有句頗具哲理的話，叫「一物治一物，糯
米治木蝨」，講的是世間萬事萬物相生相剋的道理。
但問題是，糯米和木蝨按說根本沒什麼關係，那究竟
糯米治木蝨這個說法是怎麼來的呢？

原來這裡還有一段故事。

話說從前有位婦人十分饞嘴，好吃懶做，時常偷偷躲在房間吃東西。有一天，她正躲在房間偷吃糯米飯，不料忽然聽到婆婆進來的腳步聲，情急之下她只好將碗筷藏進被子裡。

不過婆婆還是眼尖，一眼就看到她床上有糯米飯，於是很疑惑地問：「媳婦你這是幹什麼呀？」

這位貪吃的婦人也是吹牛不打草稿，信口開河道：「我聽人說，一物治一物，糯米治木蝨，所以就拿到床上來試試咯。」

所以後來，大家便用「糯米治木蝨」，來比喻一物降一物。但其實呢，糯米和木蝨真的什麼關係都沒有。

糯米真的能治木蝨？

現在流行網購，大家都知道網購雖然方便，但也有不少假貨，需要大家打醒精神來分辨的。說到假貨在粵語裡的說法，大家可能比較直接地想到「流嘢」這個詞。但其實我們粵語形容次品、假貨有個更特別、更地道的詞，叫「朱義盛」。

為什麼粵語裡冒牌貨叫「朱義盛」?

很多年輕人不清楚這個詞的由來，還以為是綁東西的繩，其實這個「朱義盛」是個人名。

在一八二四年，佛山有個叫朱義盛的人，在「筷子路」開了一家「朱義盛號」店舖，專賣金銀首飾。

不過他賣的不是真金，而是山寨貨。原來，他發明了個做假的辦法，用紫銅鍍金 ，製成金飾，因為工藝很好，看起來同真貨差不多。於是很多買不起真金的人，就都跑來幫襯朱義盛的山寨貨了。

後來這位朱先生還跑來廣州開店。當時好多鄉下人來到省城，不免亂花錢，錢用得七七八八了才想起要給老婆買金飾，手頭不寬裕就只好去幫襯「朱義盛號」，結果居然常常可以瞞天過海順利過關。如此一來「朱義盛號」的生意十分之好，分店開了十多家，鼎盛時期員工竟有九千人之多。

時間一長，「朱義盛」這三個字，就成了假貨、以次充好的代名詞了。

孤寒

粵語裡面形容一個人吝嗇，就會用「孤寒」一詞。

這個詞的詞源要追溯到魏晉南北朝，那是一個士族勢力十分鼎盛的時代，所謂上品無寒門，下品無士族。寒門子弟勢單力薄，一旦有什麼大事發生，難免孤立無援，自然感到孤寒。「孤寒」二字，可以說是對寒門小族的概括，這些出身孤寒的子弟，場面沒見過太多，出手也不闊綽，所以就容易被人笑他們孤寒，這個詞越用越廣泛，大家漸漸將一些吝嗇的人稱之為「孤寒」。

　　但是現在普通話裡面已經沒有「孤寒」一詞，就算用也只是分拆成兩個字的單獨含義，形容一個人孤獨寂寞，而沒有了原有吝嗇的意思，在《現代漢語詞典》裡也已經不能找到，成為一個「死詞」。而在粵語裡，這個詞還依然經常被使用。

「孤寒」其實是古漢語

混吉

粵語裡面形容一個人做事不用心，做了等於沒做，就
會說他「混吉」。有的朋友以為是運輸的運，金桔的
桔，見到春節大家運盤年桔回家，就說人家「運桔」，
其實，「混吉」根本就不是運送金桔的意思，而是另
有來由的。

話説我們粵語地區尤其是香港，以前的小型飯店，只要客人來光顧，就會免費奉送一碗清湯。飯店每日所出售的雞鴨鵝豬牛肉，都是用這一鍋湯來煮熟的，肉雖然另外賣掉，但湯裡面就還有肉味，再加一點味精，就成了一碗肉汁清湯啦！

　　因為清湯裡面什麼佐料都沒有，可謂空空如也。本來應該叫「空湯」的。但我們粵語不喜歡用「空」字，覺得和兇惡的「凶」字同音，不吉利，所以會用「吉」字來代替，例如空屋就稱作吉屋，所以這碗清湯也就叫做「吉水」了。

　　當時，有一些窮人來到飯店，等夥記送上一碗「吉水」，他一口氣喝完，就一聲不吭地走掉了。

　　因為這碗湯是免費的，飯店也不能說他白吃白喝，所以夥記們就把這種騙湯喝的行為叫做「混吉」了！

「混吉」，混的是什麼吉？

擒青

粵語裡面形容一個人做事太過急躁，冒冒失失就會形容他為「擒青」或「擒擒青」，但這個「擒青」是怎麼來的呢？

南方舞獅，少不了「采青」。所謂「青」，就是把一封利市，綁在一棵生菜上。「青」還有「高青」、「水青」與「蟹青」之分。「高青」是把「青」吊在高處，「水青」是把「青」放在水盆中，而「蟹青」是用圓盤把「青」蓋著。

　　采青的過程相當講究，一定要經過「見青」、「驚青」、「采青」、「碎青」、「吐青」等配以鼓點的舞步動作，不能錯漏任何環節。如果隨便舞幾下獅子，就將「青」取去，這是只顧賺錢的非專業行為，定會貽笑大方，被嘲為「擒青」，這樣的行為不單只會讓行家看不起，客人以後也不會再次光顧他們。

粵語「擒青」背後
有講究

犀利

在普通話和粵語裡，都有「犀利」這個詞，但意思並
不一樣，而且出處更是完全不同。

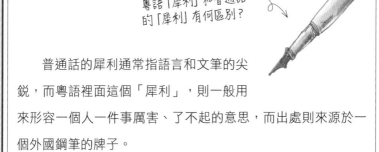

粵語「犀利」和普通話的「犀利」有何區別?

　　普通話的犀利通常指語言和文筆的尖銳，而粵語裡面這個「犀利」，則一般用來形容一個人一件事厲害、了不起的意思，而出處則來源於一個外國鋼筆的牌子。

　　早年，世界有三大著名鋼筆品牌，分別是美國的 Sheaffer（犀飛利），法國的 Waterman（威迪文），以及德國的 Montblanc（萬寶龍）。

　　其中，犀飛利創辦於 1913 年。1945 年聯合國憲章最後定案時，犀飛利就是聯合國指定簽字筆，各國代表均用它簽署，在歷史上寫下重要一頁。

　　後來，1951 年美日和平條約於三藩市簽訂，隨後日本還和另外 48 個國家簽了相同和約，當時美國國務卿和日本首相，都使用犀飛利筆簽約。

　　至於多屆美國總統把犀飛利作為專用筆就更不在話下了。

　　可想而知在早年的香港和廣東，能夠用得起這個牌子鋼筆的人士，自然是非富即貴，故此如果有人看到朋友的口袋裡插著一支犀飛利鋼筆，都會讚歎「犀飛利」哦！（你好厲害哦！）

　　久而久之，「犀飛利」就變成「很厲害」的代名詞。時間長了，又被簡化為「犀利」，但「犀飛利」這個說法依然常常在用。

捉黃腳雞

普通話講「捉姦」，就叫做「抓破鞋」，而粵語裡呢，
則叫「捉黃腳雞」。

這個有趣的俗語出自於廣東的農村。當時的農民養雞，喜歡養雌雞而不喜歡養雄雞，因為雌雞可以下蛋，所以價錢不錯，一般農家養得比較多，捉起來也比較容易。

　　但是如果要拜神，就必須要用雄雞了，可雄雞比較少，捉起來比較麻煩，怎麼辦呢？

　　農民伯伯是很聰明的，他們會先將穀撒在門外，群雞就會「雞咁腳」跑過來吃穀，而雌雞吃穀的時候，雄雞就會「色心大起」，懶得去吃穀，一下子撲到雌雞背上，進行交配。這個時候，正是捉雄雞的最好時機，因為它們顧著交配就不會提防有人來捉了。

　　農民捉雞通常捉的都是雞腳，雄雞的雙腳呈深蛋黃色，而雌雞則是淺黃色，辨認起來就很容易了。

　　「捉黃腳雞」一詞就是這樣來的，實在是十分傳神啊！

粵語裡捉姦為什麼叫「捉黃腳雞」？

坳胡

「坳胡」是以前廣州街坊用來嚇唬小孩子的怪物的名字，而現在的小朋友已經很幸福了，就算犯錯了家長也會很耐心教導。但是以前，物質條件不好，每家每戶都一群小孩子，家長也沒耐心慢慢逐個對他們進行教育，特別對付年紀比較小的小孩，家長們通常會用「坳胡」來嚇唬他們如果不聽話就會給「坳胡」這個怪物吃掉。

粵語裡「坳胡」
指的是妖怪？

　　有人以為「坳胡」是烏鴉倒過來的讀法，其實「坳胡」本來就不是怪物也不是烏鴉，是南朝時期一名將軍劉胡的別號。根據南史記載，這位劉將軍的臉黝黑似炭，所以就被稱為「坳胡」，由於他打仗十分勇猛，加上外表「英俊」，討伐蠻夷的時候，連蠻夷都給他的外表給嚇到了。後來，就有人用他的名字來嚇唬小孩子，史書記載「小兒啼如雲劉來便止」，意思就是小孩子哭的時候，家長們一提起劉胡，小孩子就立刻不哭了。

　　再後來，大家都用「坳胡」來嚇唬小孩子，時間一久「坳胡」一詞便成了怪物或樣子醜的代名詞了。

坳
胡

九
九

杯葛

在粵語裡，說抵制某個人某件事，常常會用「杯葛」這個詞。這個詞雖然在普通話裡也有，但顯然在粵語裡較為常用。

「杯葛」的由來

　　如果不知道這個詞的來由，可能會以為有個「杯」字跟喝酒有關。其實呢，「杯葛」是英文 BOYCOTT 的譯音，意思正是「反抗和抵制」。

　　這個 BOYCOTT，原來是一個人的名字，此人全名叫做 Charles Cunningham Boycott，生於1832年，死於1897年，是愛爾蘭一個惡漢。

　　這位杯葛先生從事的工作是替貴族大地主收租。他這個人手段兇殘，常常逼害那些窮困的佃戶。一旦佃戶沒錢交租，他就會跑去對他們喊打喊殺。

　　忍無可忍之下，佃戶們決定一起反抗，聯合起來對付逼害者。

　　杯葛雙拳難敵四手，被打得落荒而逃。自此之後他自覺面目無光，最後鬱鬱而終。

　　愛爾蘭佃戶打贏這一仗，轟動一時，造成非常大的影響。

　　後來，但凡抵制或斷絕關係的行為，就以這位愛爾蘭人的姓氏命名，稱作「杯葛」。

光棍佬教仔

我們粵語裡面有很多歇後語，不但講起來地道有趣，而且包含很多做人的道理。例如「光棍佬教仔——便宜莫貪」，就是其中一句。

那麼這句歇後語的由來又是怎樣的呢？

根據民間傳說，從前有個光棍佬很會騙人。有一次，他給一個小茶壺塗上泥土，冒充古董賣給別人，成功騙了一筆錢，然後洋洋得意地回到家裡。

到了晚飯的時候，他兒子也從外面回來了。只見他兒子一邊走一邊哼著小曲，心情大好，很得意地說自己弄到了一個古董。說完就掏出一把小茶壺。

光棍佬定眼一看，兒子買來這個小茶壺正是自己今天用來騙人的贗品！他不禁怒從中來，狠狠給了兒子一記耳光，教訓道：「便宜莫貪啊，死仔！」

後來，大家就用這個笑話來勸人不要貪小便宜，以免因小失大。

至於光棍佬為何會有個兒子？原來在粵語裡面，光棍這個詞不單指單身漢，還指那些靠坑蒙拐騙為生的人，所謂「財入光棍手，有去無回頭」，所以光棍也是可以有兒子的。

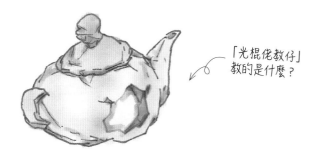

「光棍佬教仔」教的是什麼？

老襯

粵語裡面往往把那些被人「搵笨」（佔便宜）的人稱為老襯。還有也把結婚的男性稱為老襯的說法，意思自然是說這個男人一輩子被老婆「搵笨」啦。那麼這個老襯的稱呼又是怎麼來的呢？

原來，在民國時期，有一本在省港地區非常流行的故事書，叫《鬼才倫文敘》，作者叫做襯叔。

　　這本書的內容很多都是講酒色財氣之間的鬥智故事，其中精妙之處往往在於贏家不但得益，而且令輸家不敢聲張，自認倒霉。

　　所以但凡看過這本書或聽過故事的人，不但在人情世故上長了見識，往往還多了一份佔人便宜的心眼，而被人佔便宜的人啞巴吃黃蓮，只好把責任歸咎到書的作者——襯叔頭上。

　　由於襯叔一把年紀，被尊稱為老襯。所以大家就把那些被人佔便宜的人稱為老襯，而佔人便宜的行為則稱為搵老襯了。

從此被困的「老襯」

老世還是腦細

在粵語裡面，我們常常把老闆稱為「老世」。不過很多人都搞不清究竟這兩個字應該是「老世」還是「老細」。（還是「腦細」？）

要搞清楚這個詞，要追溯一下這個詞的來源。

據説這個詞來源於香港。

抗日戰爭時期，日本佔領了香港三年零八個月。因為當時從大陸跑到香港逃避戰火的人越來越多，日軍一方面為了方便管理，另一方面也為了防範抗日人士，便規定所有做生意的店舖都必須把寄住在店舖裡的人名，用一個牌子列明掛在舖外。

至於店舖老闆則要加上「世帶主」的字樣，以資鑒別。世帶主這個詞在日語裡，是一家之主、家族之長的意思。

所以每逢日軍到店舖巡查，隨行的翻譯一進門就會大叫：「老世系邊度？」

久而久之，「老世」就成了老闆的代名詞了。

老闆究竟是「老世」還是「腦細」？

契弟

在我們粵語裡，認親戚叫「上契」，乾爹稱「契爺」，
乾媽稱「契媽」，其他如契仔、契女、契姐、契哥等，
但是乾弟弟就不能叫「契弟」，而要說「契細佬」。

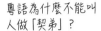

粵語為什麼不能叫人做「契弟」？

　　因為在粵語裡面，「契弟」是一個很不好聽的罵人話。

　　根據廣東文史記載，清代末年，廣州西關的光雅裡一帶，有一種專為紅白喜喪主家服務的行業叫「爺門堂倌」，簡稱「堂倌」。

　　堂倌雖然分男堂和女堂兩類，但實際上女堂也由三十歲左右的男人充任。這些由男人擔任的女堂倌因為要侍候女眷，因此也作女性打扮面施脂粉，頭髮油亮，再別上個大髮夾，出手蘭花指，說話也是陰聲細氣，行為舉止一如女人。

　　據說長期操此業者後來就算是轉了行，其舉止也往往帶「女性」特點。

　　這些男性「女堂倌」之間往往以姊妹相稱，甚至有的還與雇主家的紈絝子弟傳出醜聞。經過一些小報的誇大渲染，光雅裡就漸漸被視作藏污納垢之所，並由此產生了一句歇後語：「光雅裡出世——正契弟」！

　　光雅裡也因此被蒙上惡名，導致許多住戶都紛紛搬走。

　　不過事過境遷，現在「契弟」的詞義在廣州話的口語裡已經模糊了，人們相互之間打趣時還用此詞表示親熱，罵人的意味已經不像最初那麼濃重了。

賣剩蔗與籮底橙

現代大城市的年輕人大都不著急結婚，但在以前大姑娘年過三十還未找到意中人，就有被左鄰右舍、三姑六婆議論為「籮底橙」的危險。而類似的說法，還有「賣剩蔗」。

這兩個說法究竟是怎麼來的呢？原來以前的商人在買賣東西的時候，都是用竹籮來裝載，一些商人賣柳橙，通常會把質量比較好、外觀好看的柳橙放在竹籮的最上面，而多數的客人挑選完之後，最後剩下來在籮底的都是一些成色不好的，不是爛掉的，就是乾乾扁扁，賣相不好的。而「賣剩蔗」也是同樣意思。

　　舊時代重男輕女，男性娶妻的時限比較寬，甚至到了七老八十也能納妾，但女性如果不能在生育能力最好的年紀出嫁，後面嫁人的機會就會大為下降，更遑論找個好人家了。不過現代社會婚戀觀念已經大為不同，女性就算不嫁人，一樣可以有幸福的人生，不必怕被人叫「籮底橙」和「賣剩蔗」了。

「賣剩蔗」與「籮底橙」

巴閉

廣東因為地處沿海，自古以來都是通商之地，與國外來往交流較多，所以粵語裡面有不少詞都是外來語，例如「巴閉」就是其中一個。

早在唐宋時期，就有外國商人到中國經商，這些外商大都聚集在沿海地區，他們的語言也逐漸流傳開來。當時，以中東、印度半島的商人最常到達廣東沿海，他們與當地居民溝通起來頗為困難，常常是「雞同鴨講」，不知所云，做起生意來就容易產生誤會，尤其是金錢上有所爭拗，爭吵在所難免。有爭吵自然會提高聲量，而這些外商很喜歡叫「BAPRE、BAPRE」，意思是「我的天」、「天啊」。

當時的沿海居民不知這兩個聲音是什麼意思，觀察外商的身體語言和聲音，看他們的樣子很煩躁又有囂張之意，於是便以這兩個音合成為一個粵語獨有的詞語「巴閉」了。

「巴閉」這個詞一般用來形容人厲害、了不起，但也暗含囂張、自以為是的意思。所以聽到廣東人說你「巴閉」，不要以為一定是稱讚你，也有可能是諷刺你哦。

你究竟有幾「巴閉」？

「執笠」這個詞在粵語裡是店舖企業倒閉的意思。關於這個詞的由來，有兩個不同的說法。

「笠」在粵語裡指的是網眼編織得較為疏鬆的竹簍，一般用來盛裝物品，這也跟廣東盛產竹器有很大關係。而「執」就是收拾的意思。

現在，我們在城市裡看到的商店都有固定舖面，「執笠」一詞拿來形容店舖倒閉似乎難以理解。所以，要搞懂這個詞還得追溯到以前。當年，廣東地區傳統的民間貿易大部分都是集散型的散攤集市，本地人稱為「墟」。而「趁墟」就是趕集的意思了。在墟市上，商人們把要兜售的東西裝在竹簍裡，向客人展示售賣。等到天色漸晚，集市結束，商人們就把裝物的竹簍收拾好，收工回家。所以收攤就叫「執笠」了。而後來，更被引申為倒閉的意思。

至於第二種説法，則是説以前一些店舖生意做不下去，就想在集市上進行轉讓，類似現在的「旺舖出租」。而為了在轉讓的時候能談個滿意的價錢，商家便會使點小手段，拿一些空的竹筐——也就是「笠」，放滿整個店舖，向外界製造出一種生意很好的假像。因為一般的店舖平常也不會放置空竹筐佔地方，所以倒閉的時候為了撐場面，就得去別的地方特地買一些竹筐回來，久而久之「執笠」就成為倒閉的代名詞。

為什麼倒閉叫做「執笠」？

扭紋柴

在粵語裡形容一個人很彆扭、脾氣古怪、很難搞、不近人情不講道理，往往會稱之為「扭紋柴」。

什麼是扭紋柴呢？

大家知道以前一般人家裡都是燒柴的，劈柴，也就是每家每戶都要做的家務之一了。柴的來源是樹木，而樹木因為各自品種和生長環境不同，柴的紋理也會有所不同。有的柴枝紋理會長得很直，一刀劈下去就可以順利地劈開兩半，簡直是「勢如破竹」；而有的柴枝紋理確實扭扭曲曲，一刀能劈進去就已經不容易，而且刀勢被木紋所引導，往往就會歪曲使不上力。這時候劈柴的人往往進退兩難，繼續劈吧，越劈越難劈；把刀退出來吧，柴枝又把刀夾得很緊，真不知如何對付才好。

這些紋理扭曲的柴枝，就是「扭紋柴」了，就像那些脾氣古怪不講道理的人一樣，你怎麼對付他好像都不對，實在是讓人哭笑不得。

由此引申，粵語裡對於那些調皮搗蛋的小孩，也會用「扭紋」這詞來形容。

你家裡有個「扭紋柴」嗎？

貼錯門神

如果有兩個人互相發脾氣，對對方不理不睬，我們講粵語的朋友往往會說「他們兩個貼錯門神」。

「貼錯門神」會怎樣？

何謂貼錯門神呢？

大家都知道，自古以來我們中國人喜歡貼一對門神在家門口，寓意驅除噩運邪氣，保護一家平安。這個習俗到現在還有不少家庭尤其是農村家庭保留著。門神這個典故出自于唐太宗和秦叔寶、尉遲恭，我在這裡就不細講了。反正貼門神保平安很重要就是了。

以前的大門跟現在我們一般家庭的大鐵門不一樣，通常都是左右兩扇的，所以門神也有一對，一左一右，兩扇門各貼一個。

這兩個門神如果貼得準確無誤，那麼秦叔寶和尉遲恭是面對面的，一副同心協力保護家園的樣子；但如果貼反了，那兩個就變成背對背，互不理睬的樣子了。大家覺得兩位門神這個背對背的樣子，和那些相互發脾氣的人挺相似，於是就稱之為「貼錯門神」啦。

而「貼錯門神」後面還有一句歇後語，叫「面左左」，兩個門神貼錯了，背對背，當然就面左左啦。

不過不知道為什麼，貼門神這個習俗全國各地都有，但「貼錯門神」這個詞，似乎只有粵語裡才有，你用普通話和外地的朋友說「貼錯門神」，人家大概也只會「一頭霧水」了。

掘尾龍拜山

清明時節拜山，是各家各戶的重要大事，廣東人一向都非常重視。不過粵語人群生性幽默，關於拜山的粵語詞匯倒不見得都是很嚴肅的。例如掘尾龍拜山，就是用來形容那些喜歡搬弄是非、造謠生事、攪風攪雨的人。

「掘尾龍拜山」會
發生什麼事？

　　那這個掘尾龍究竟是什
麼東東呢？為什麼它拜山，就會
風雨大作呢？

　　相傳在廣東地區有個小朋友，有一天撿到一條像四腳蛇
一樣的小蟲，他覺得挺可愛，就帶回家養在水缸裡。

　　養了一段時間，這條小蟲越長越大，水缸都放不下了，
而且吃得也越來越多，小朋友覺得再這麼養下去不是辦法，
於是打算把它帶去放生。

　　放生之前，小朋友忽發奇想，覺得要在四腳蟲身上留一點
記號，日後再碰到可以認得，於是一刀把蟲尾巴切掉了一小截。
誰知這條四腳蟲痛起來狂性大發，一口把小朋友咬死了。

　　原來，這條並不是什麼小蟲，而是一條龍，現在尾巴被
切斷了一截，變成了掘尾龍。

　　後來這條掘尾龍為了報答小朋友的恩德，每年清明時節
都去給他拜山，天龍所經之處，自然天昏地暗，風雨飄搖了。
這就是大家說的「掘尾龍拜山——攪風攪雨」了。

　　本來，這個詞是用來形容清明時節經常會發生的天氣現
象，不過後來漸漸演化成對那些喜歡搞事的人的形容詞了。

留翻拜山先講

有時候聽粵語人吵架，也能學到不少粵語的文化知識。
例如叫人「有咩留翻拜山先講啦！」，意思不是真的
要等到拜山的時候再講，而是要對方收聲，不要再說
話的意思。

拜山祭祖，習俗上都會向祖先禱告稟報一番，而祖先自然也不會嫌你囉嗦，你想講多久就講多久。

　　所以叫人「有咩留翻拜山先講」，意思是讓對方不妨把話留到拜山的時候，對著死人慢慢講，到時想講多久講啥都沒人理你，請不要對著我這個大活人囉哩囉嗦。

　　不過這個詞近年來被大家用來開玩笑開得多了，年輕人在平時聊天談笑的時候，有時也會用到，原來罵人的意味也就漸漸減輕，只留下「不要太囉嗦」、或者「不想告訴你」的意味了。

有什麼需要「留翻拜山先講」？

藤條燜豬肉

我們小時候如果做了調皮搗蛋的事，又或者在學校被老師投訴，回到家裡就很有可能吃到一味很有廣東特色的佳餚——「藤條燜豬肉」啦。

何謂「藤條燜豬肉」？說穿了很簡單，就是被父母用藤條來打屁股咯。

　　以前廣東人家裡有許多藤做的用具，雞毛掃（雞毛撢子）就是其中之一。通常家長教訓子女，就會把雞毛掃調轉來拿，用長長的藤條抽打調皮的子女，因為藤條柔韌性好，打起來很痛但是又不容易如戒尺之類的硬物，打出嚴重的傷患，所以實在是家長執行家法最愛的「武器」。

　　而那個「燜」字，也是頗有講究。廣東人愛吃，對於廚藝大都頗有研究，所謂「燜」，就是把食材放進鍋裡，蓋緊鍋蓋，用文火慢慢煮爛。而藤條燜豬肉之所以用一個「燜」字，也就意味著小孩回到家中，無處可逃，唯有任由家長慢慢炮製的意思了。

　　而那塊豬肉，不用問，自然是子女們白白嫩嫩的屁股了。

　　當然，現在很多家庭的觀念都已經很現代化，體罰子女的情形也越來越少，再加上現在很多家庭已經很少用雞毛掃，所以小朋友們吃到這道「藤條燜豬肉」的機會，自然也就越來越少了。

小朋友最怕吃的「藤條燜豬肉」

牙刷刷，脷刮刮

上世紀 20 年代初期，在省城的長堤有間叫「蘇記」的小雜貨舖，來自番禺的店主麥蘇頗有生意頭腦，他意識到廣州城大有發展前途，市民生活素質日益提高，其中表現在衛生習慣上的改善。當時人們時興用鬃毛牙刷抹上淮鹽來刷牙，以保口腔清潔，牙粉、牙膏是後來才用的。

上世紀 20 年代初，省城的長堤處，開了一間叫「蘇記」的小雜貨舖。這家店的店主名叫麥蘇，是番禺人，向來很有生意頭腦。

那時，善於觀察的他意識到，市民生活水平正在逐漸提高，尤其是衛生習慣的改善很是明顯。當時，牙粉、牙膏還沒出現，人們開始流行在鬃毛牙刷塗上淮鹽來刷牙，以便保持口腔清潔。

於是，麥蘇將牙刷和淮鹽捆綁銷售，每賣出一支牙刷，就贈送一小袋淮鹽。這個組合一經推出，就極受市民歡迎，來採買的人也越來越多，帶旺了「蘇記」的生意。

隨後，麥蘇又從香港進口了一種薄鐵片，有著白軟不生銹、略帶彈性的特點。他請人將這鐵片的邊角磨得圓滑，做成弓形，變成長約 12 厘米、寬半厘米的軟條子，美其名曰「脷刮」，跟牙刷、淮鹽一起出售。於是，蘇記店舖外就貼著海報稱：「本店售出口齒健康用品『脷刮』。請君刷完牙即用其來刮掉『脷積』，保君口氣清新，精神爽利，貴人頻遇。」

更有意思的是，麥蘇還別出心裁，在海報前頭用醒目大字寫著：「牙刷刷、脷刮刮，財路全憑口齒去開發。」

果然不出所料，蘇記的新玩意「脷刮」成功引發了居民們的興趣，大家都很好奇，紛紛出手購買。「脷刮」軟片條變成了搶手貨，省城不少店舖也都跟進售賣，甚至暢銷到了珠三角各城鄉。而蘇記的廣告詞──「牙刷刷，脷刮刮⋯⋯」也被口口相傳，眾人皆知。後來，便有人拿兩句詼諧語來形容、揶揄某些「沙塵白霍」的人，漸漸地這句話也就成了一句流行語了。

前世撈亂骨頭

之前給大家介紹過，兩個人發脾氣互不理睬，粵語裡叫做「貼錯門神」。如果兩個人的敵對程度再升幾級，到了完全無法溝通、乃至仇視的地步，我們粵語裡又有另外一個形容詞——「前世撈亂骨頭」。

為什麼粵語用「前世撈亂骨頭」形容兩個互相敵視，總是發生衝突的人呢？

原來，舊時候安葬先人，很講究屍骨齊全，如果不能收齊祖先的骸骨，那是很不敬和不吉利的事情。而如果先人的屍骨搞錯了，放到了別人家的墳墓，拜祭的時候就變成了拜錯祖先，那就更是極其大不敬的事情。

如果此事得不到糾正，兩家人相互拜錯祖先，糾紛就難以排解，相互的仇怨就會一直延綿後世。

所以粵語就用「前世撈亂骨頭」，來形容那些互相敵視的死對頭，因為他們對待對方的態度，簡直就像是先人的遺骸放錯地方，互相拜錯祖先，結下怨恨一樣。

「前世撈亂骨頭」會發生什麼事？

大耳窿

自古以來，放高利貸的人都被老百姓所痛恨，因為他們不單利用平民百姓急於用錢的機會，靠高利貸賺取高額利潤，而且還往往利用非法手段，逼得借錢的人傾家蕩產。直到現代，高利貸這門生意依然禁而不止，一有機會就變著法子出來害人。

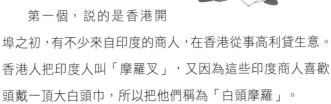

令人討厭的「大耳窿」

在粵語裡面，對於放高利貸的人，有個特別的稱謂，叫「大耳窿」。這個稱呼是怎麼來的呢？有兩個不同的說法。

第一個，說的是香港開埠之初，有不少來自印度的商人，在香港從事高利貸生意。香港人把印度人叫「摩羅叉」，又因為這些印度商人喜歡頭戴一頂大白頭巾，所以把他們稱為「白頭摩羅」。

這些從事高利貸的「白頭摩羅」扮相古怪，很多人喜歡穿一個大耳洞，戴一個大如銅元的耳環。當時的港人對於這些從事高利貸的「白頭摩羅」十分討厭，就把他們稱為「大耳窿」了。

而第二個說法，則是說當年一些高利貸商人做的是小額貸款，發放的對象是一般的勞苦大眾。為了讓大家知道他們有錢可借，就把一個銀元塞進耳朵裡，作為記號。這樣大家一看就知道他們是放貸的，需要借錢就會主動找他們了。耳朵裡放個銀元，別人看起來自然覺得他們的耳洞很大啦，所以就被稱為「大耳窿」了。

棚尾拉箱

「棚尾拉箱」這個詞，現在會用的年輕人已經很少了，
大概是因為這個詞誕生的場景已經比較少見了吧。

所謂「棚尾拉箱」，是形容一個人走得很匆忙很狼狽的意思，與「無鞋拉隻屐」的意思有點接近。

　　這個詞的出處來自舊時鄉間的戲班。以前逢年過節，鄉下都會請戲班下鄉演戲，但限於經濟能力，往往不一定能請到很好的戲班。而這些二三流的戲班一旦表演欠佳，自然會被台下的觀眾喝倒彩，當形勢難以維持的時候，戲班就只好趕緊在棚尾——也就是後台匆匆忙忙收拾行裝，走人去也。

　　後來大家把遇到無可收拾的場面，要趕緊走人跑路的情況，稱為「棚尾拉箱」了。除此之外，當騙子詐騙得手之後，偷偷離去，受害人懵然不知，也可以用「棚尾拉箱」這個詞來形容。

「棚尾拉箱」是什麼狀況？

食碗面反碗底

我們粵語罵人忘恩負義、吃裡扒外、過河拆橋，有一
個跟吃有關的形容詞，叫「食碗面，反碗底」。

這個詞字面的意思，是把碗裡的東西吃完之後，把碗反扣放下，碗底朝上碗口朝下。那為什麼這個做法會被認為是忘恩負義呢？

原來，我們正常人吃飯，自然是碗口向上的。而碗口向下，則是拜祭先人時的做法——祭祖時要先把碗倒置，把飯取出來拜祭——對待生人和先人的做法相反，這是很多地方的習俗。

那這個「食碗面反碗底」的做法，等於是把對方給的飯吃完之後，不但不感激對方的贈飯之恩，還希望對方死掉，或者把對方當成是個死人。你說這樣做人，是不是忘恩負義？

所以，在「食碗面反碗底」後面，還有一句，叫「正一反骨仔」。

做人不可以「食碗面反碗底」

死牛一邊頸

粵語裡面形容一個人固執，我們會稱之為「硬頸」，而如果一個人的固執程度極高，我們可以稱之為「死牛一邊頸」。

以前農村裡面，牛是重要生產工具，大家對於牛的特性都十分瞭解。牛這種動物呢，雖然很勤勞肯幹，任勞任怨，但是也很笨很遲鈍，走起路來不大會拐彎，連脖子都不大願意轉動。你如果用力拉它的頭想讓它把脖子轉到另一邊去，實在是十分困難。所以對於那些固執的人，我們除了說他們「硬頸」，還可以說他們「牛頸」。而牛發起脾氣上來也很厲害，所以我們把脾氣暴躁不講道理的人稱為「牛精」。

　　至於「死牛一邊頸」，那是固執的至高境界了。一頭牛死了之後，脖子歪在一邊，肌肉都已經僵硬了，這時候你想要把它的脖子再掰到另一邊，那基本上是沒什麼可能的事。

　　所以一個人一旦「死牛一邊頸」，基本上就沒有什麼被說服的可能性，我們也就可以省口氣，暖暖肚子算了。

「死牛」為什麼「一邊頸」

無情雞

打工仔最怕吃的「無情雞」

在廣東的打工仔，除了害怕吃「炒魷魚」之外，還有另外一道不想吃到的菜，叫「無情雞」。

話說清末民初時期，店家和夥計之間，大多不會像現在一樣簽訂勞動合同，因此也就沒有所謂的勞動期限。當時的商圈有一個潛規則，就是在一年的開市宴或尾牙宴中，有的老闆會親手給自己的夥計夾上一塊雞肉。這個動作可不是慰勞你工作辛苦的意思，而是借「吃雞」這個舉動，來暗示員工已被辭退，不用再來店裡幫工了，因此這也稱為「無情雞」。

　　那時候，每年過年店舖開始營業前，都有設員工宴的習慣。這個宴席通常在大年初二，被稱為「開牙宴」。飯席上，一定會有用來酬神的「生雞」，寓意生意興隆。不過，即使面對著一桌大魚大肉，員工們卻臉色凝重，看不出高興樣，內心忐忑不安，唯恐「吃雞」。如果這時老闆還會向店員們說幾句教訓話，他們反倒能略感安慰，稍稍放心，因為這說明老闆對自己還有期望，這份工作算是暫時保住了。但如果老闆滿嘴好話，誇獎員工能力優秀、表現出色，通常便會先揚後抑，來個話鋒一轉，邊說話邊夾塊雞肉放到員工的碗裡。那就是請他「另謀高就」。也有一些老闆不忍心做得這麼直接，就故意將雞頭對準那位員工，表達同樣的意思。員工雖說戰戰兢兢，但心裡已然明瞭，也只好認命屈從，無從辯駁。

　　當然，這個「無情雞」的做法，隨著勞動合同法的完善，基本上已經消失了，但時至今日，還是有很多人把解僱稱為「食無情雞」呢。

唔使問阿貴

在粵語裡面，「唔使問阿貴」是事情一清二楚，不問可知的意思。關於這個詞的來由，有各種不同的說法。

第一種説法，這位阿貴，指的是南宋時珠璣巷 38 姓 98 戶舉家南徙的領導者、組織者——羅貴。在公元 1132 年，羅貴率領一眾北方的民眾南遷，跋涉千里，歷時兩月，備受艱險，後來在南方開枝散葉，現在很多兩廣、海南的人士，都是他們的後裔。這一群南渡的人敢於背井離鄉，大都富於開拓精神。他們南渡之際，遇到什麼艱難險阻，都勇於自己去想辦法解決，不必事事去徵求領頭人羅貴的意見。「唔使問阿貴」這句話，也就漸漸成為了他們的口頭禪。

　　而另外一個説法，則是説清朝的時候，葉名琛由廣東巡撫升任兩廣總督，其官署設於廣州一德路，法國教堂石室舊址。他所留下來的巡撫職位，由滿州人貴柏繼任，官署設於廣州惠愛路，第一公園舊址。因總督和巡撫的官署都設在廣州，所以很多事都由總督葉名琛決定，不必經由巡撫柏貴。所以有起什麼事情來，大家都説「唔使問阿貴」啦。

「唔使問阿貴」
的阿貴是誰？

濕水棉花

粵語裡面稱讚一個人或者一件事好得很，完全找不到可挑剔之處，稱之為「濕水棉花——冇得彈」。

「彈」字，在粵語裡是批評、質疑的意思，「冇得彈」，也就是無可挑剔了。但濕水棉花是什麼意思呢？可能很多年輕人都搞不清楚了。

濕水棉花——冇得彈

以前，廣東人在冬天蓋的棉被經過了漫長的炎熱天氣，要拿出來用的時候，往往已經壓得又扁又結實，蓋起來既不舒服也不暖和。這時候，就需要把棉被拿到專業人士那裡去「彈棉花」，師傅會用彎弓、棉花錘等工具，像彈琴一樣把被子裡的棉花重新打鬆，這樣蓋起來才能既暖和又舒服。一張棉被可以多年重複使用，節儉又環保。

但是如果棉花濕了水，那就會變得又硬又重，再怎麼彈也彈不鬆。所以粵語就用「濕水棉花」，來形容那些「冇得彈」的人或事物了。

彈棉花這個行當，到了今時今日已經很少能見到，可能一來是現在除了棉被還有很多其他材質可以選，二來隨著經濟狀況越來越好，不少朋友被子舊了就直接換新，懶得再去彈了。

所以現在的小朋友，大部分都不知道彈棉花是什麼回事了，不過「濕水棉花——冇得彈」這個歇後語，還依然為大家所津津樂道。

生骨大頭菜

大頭菜，又名榨菜，是芥菜的變種，通常用來作為醃制鹹菜的原料。鹹菜的醃制對於原料大頭菜的要求頗高，必須脆嫩柔軟，醃出來的鹹菜口感才好，如果大頭菜種植得不好，莖部又硬又實，那麼醃出來的鹹菜就不好入口了。

這種種植得不好、又硬又實的大頭菜，農民們稱為「生骨」，意思是本來應該柔軟的菜莖變硬了，就像是裡面長了骨頭一樣。

而造成這種「生骨大頭菜」的原因，自然是因為種植的時候沒有種好——種壞了。

在粵語裡面，「種」和縱容的「縱」，是同音字。所以，粵語裡面對於那些不懂事、被嬌縱得厲害、慣壞了、品行不佳的小孩，就稱之為「生骨大頭菜」，背後的意思，就是「縱壞了」。

這個詞在使用的時候，因應不同情況、嚴重程度有所不同。有時作為自謙，説自己的小孩是「生骨大頭菜」，情況就不那麼嚴重。但也確實有父母把自己的子女嬌縱成「生骨大頭菜」，這種情況，我們在新聞裡面常常見到。

所以，小孩子變成「生骨大頭菜」，責任往往是在父母身上，不是子女天性不佳，而是父母「縱壞了」。所謂「父母才是子女的起跑線」，説得實在有道理。

不要讓孩子變成「生骨大頭菜」

冬瓜豆腐

在北方，冬瓜燒豆腐是一道家常的菜式，很多家庭都
會作為日常菜肴。但在粵語地區，冬瓜和豆腐是絕對
不能一起吃的。

在粵語裡，「冬瓜豆腐」，是一個很不吉利的詞，是遭遇不測身亡之意，與「三長兩短」是一個意思。

那麼「冬瓜豆腐」這個詞是怎麼來的呢？原來，以前一家人辦喪事，儀式頗為繁瑣，所以都會請親朋戚友過來幫忙。辦完之後，慣例上會請來參加喪禮的親友吃一頓，稱為「解穢酒」，其中就必定有冬瓜和豆腐這兩味素菜。所以慢慢的大家也就用「冬瓜豆腐」，來形容人遭遇不測而死了。

除此之外，還有一個解釋，說的是「冬瓜」體大結實，代表強硬，「豆腐」體小孱弱，代表柔軟，但兩者摔在地上一樣會支離破碎。「冬瓜」、「豆腐」分別象徵兩種性質完全不同的事物，當遭遇厄運時同樣會成為不幸的產物。於是就放在一起，用來象徵遭遇不測時，生命都十分脆弱了。

這個喪禮之後吃冬瓜豆腐的習俗，本來不僅限於在廣東地區，但可能是廣東人對這件事特別講究和敏感，所以「冬瓜豆腐」這個用來代表死亡的詞，似乎也只有在粵語裡普遍使用，很少聽到有人在普通話裡使用。

冬瓜和豆腐為什麼
不能一起吃？

「大龍鳳」這個詞又龍又鳳，聽起來似乎是一個挺不錯的詞，但在粵語裡面，其實卻略含一點貶義。

做一場「大龍鳳」

「大龍鳳」，是廣東傳統
藝術——粵劇衍生出來的一
個詞，所謂「大龍鳳」，
原來是香港地區在上世
紀六十年代初的一個粵劇
團的名稱。這個粵劇團有幾個
拿手好戲，例如《鳳閣恩仇未了情》、《蠻漢刁妻》、《癡
鳳狂龍》等等，風格都是大鑼大鼓，大吵大鬧，熱鬧非凡，
十分戲劇化。所以香港人就用「大龍鳳」來形容那些大吵
大鬧，或者故意做得十分戲劇化的戲劇類型。

　　而漸漸地，大家就把「大龍鳳」這個詞，引申為那些
故意做一場好戲給人看，用以欺騙他人或者博取同情的
狀況。

　　所以我們看粵語的電視連續劇，聽到劇中人說「做翻
場大龍鳳」，潛台詞往往是不懷好意，不是掩飾什麼勾當，
就是騙取別人的同情信任了。

　　當然，這個詞慢慢用得普遍，也會被用於純粹形容「做
一台好戲」的意思，這時候就不含「演戲騙人」的意味了。

後記

粤語作為語言，一直處於不斷的變遷變化之中，不斷有新的詞匯誕生，也不斷有新的內容融入。所以要準確地描述每一個詞的源頭，實在並不是一件很容易的事情。

本書裡面的一些傳說和典故，在不同的地方往往有不同的說法，有些大致相近只是細節有所出入，有些則完全毫無關聯。

所以大家在讀這本書的時候，不必太糾結於書中的版本與你聽說過的故事是不是一樣，畢竟只是一家之言，多知道一些總是不壞的。

最後，要感謝本書的策劃方越秀區圖書館和編委會成員，提供節目播出平台的廣東

廣播電視台文體廣播和喜馬拉雅 FM 粵語頻
道,一直支持我做粵語傳播工作的新年文化
集團公司,為本書繪畫插圖的李卓言和韋靜
雯,以及每一位為這本書的出版做過努力
的人。

　　希望在不久之後,這個《粵趣學堂》系
列的下一本書會和大家見面,跟大家分享更
多粵語文化裡那些有趣的內容。

　　　　　　　　　　　　　李沛聰

主編
李沛聰

策劃
謝妙華

責任編輯
李穎宜

美術設計
Nora Chung

繪圖
李卓言　韋靜雯

排版
辛紅梅

出版者
萬里機構出版有限公司
香港鰂魚涌英皇道1065號東達中心1305室
電話：2564 7511
傳真：2565 5539
電郵：info@wanlibk.com
網址：http://www.wanlibk.com
　　　http://www.facebook.com/wanlibk

發行者
香港聯合書刊物流有限公司
香港新界大埔汀麗路36號
中華商務印刷大廈3字樓
電話：（852）2150 2100
傳真：（852）2407 3062
電郵：info@suplogistics.com.hk

承印者
中華商務彩色印刷有限公司
香港新界大埔汀麗路36號

出版日期
二零一九年五月第一次印刷

萬里機構

萬里 Facebook